U0069527

榛芯話

榛果H　著

目錄

榛芯話

榛芯話

榛芯話

#01_2022年2月24日

[緣起]

港劇《愛美麗狂想曲》第一集開頭，旁白描述女主角王麗美的故事，以第三人稱視角向觀眾介紹這位女主角。

[語句]

引述自《愛美麗狂想曲》劇中旁白：*為了填滿她空虛的人生，她跌跌碰碰地追尋偉大的夢想。*

[榛果的故事]

思緒拉回高中升大學，我的升學管道是考俗稱指考的「大學入學指定科目考試」。以前7月是暑假的開始，對於高三考生來說，則是考驗的開始，因為7

榛芯話

月1日至3日，是考試的日期，印象中是分文、理組，文組應該是考前兩天吧！年代久遠，也不去深究歷史，總之那時候考完試就是依照分數填寫志願、依照分數分發學校及科系。

對我來說，文學種子的萌芽大約是在國二時，高中如願考取「語文實驗班」，到了指考分數出來，準備填寫志願時，媽媽不僅三令五申，高中讓妳唸語文實驗班可以，大學可不准去念中文系！除了自己對我耳提面命，媽媽甚至請來大學就是唸中文系的堂姑姑，兩位家長再三叮囑中文系沒有出路。而我的高中分組，第一類組：文、法、商，我確定自己對於法（法律）、商（商業）都沒有興趣，最後在志願卡上，大軍壓境的是外文科系，填寫完熟悉的英文和日文系後，當時對於其他語系的世界一無所知

的我，僅是草草參考網路上的資料，針對歐洲語系：西班牙文、德文以及法文，西班牙文似乎是最多人使用的語言，我就接著填了西班牙文系，我也早就忘了後頭德、法孰先孰後？總之，跌跌碰碰地探尋求學下一階段的路，提交了志願卡。

那時候有簡訊告知分發結果的服務，沒什麼不好申請的，可以省下網上查榜，畢竟那時候智慧型手機尚不普及，網路使用不像如今便利。隨著「叮」一聲簡訊來時，忐忑不安的心，似乎跳動得更加活潑，「……西班牙語文學系……」如此陌生的字眼映入眼簾，有一種被掏空的感覺，這就是我未來大學的路？儘管心神未定，無論如何，一切塵埃落定，也無從改變什麼。

榛芯話

時至今日，前頭的路還是繼續有著坑坑洞洞，也許還是會再次跌倒，但是已經接受多年的結果，現在「西班牙文」也或多或少應用於我的生活，我也將繼續攜伴前行。

#02_2022年2月25日

[緣起]
港劇《智能愛人》訪問中，李佳芯（Ali）向大家介紹自己飾演的角色「阿寶」。

[語句]
一段用心開始的芯旅程。

[榛果的故事]
《智能愛人》講述智能人AI（阿寶）和人類一起生活、彼此之間的故事。由於智能人是用機器製成的，用的是「芯片」，但是隨著和人類相處時間越多，在了解人類的過程中，阿寶揣摩人類的心情，到後來也漸漸有了人性，雖然是

榛芯話

「芯」，但是也有了「心」的七情六慾。

身為電視兒童的我，回想到孩提時期也曾經看過相關的電影。由於當時年紀小，對於電影所要傳達的意涵少了理解的能力，只模模糊糊記得，機器人原本是服侍一位小姐，後來兩個人產生了感情，但是終究還是因為不同世界而無法圓滿。

在年紀已然增長的現在，看著《智能愛人》，開始能夠跟著故事的情節，反思生活的大小事，開創屬於我的旅程。

#03_2022年2月26日

[緣起]

港劇《愛美麗狂想曲》中，Matt少對王麗美說的台詞：「想學會騎單車，你要先學會平衡。」

[語句]

單車，踩踏前進
人生，邁步前進
珍惜陪著你的人

[榛果的故事]

劇中，Matt少其實對王麗美有著好感，不過因為王麗美另有追求對象，所以Matt少打算放棄自己的情感，鼓勵王麗美接受對方的追求。看著這段劇情的

榛芯話

我，感受到珍惜你的人，重視你的一種方式就是陪伴。Matt少陪伴在王麗美身邊，給予她前進的力量。

6歲的時候，因為要準備唸幼稚園、緊接就讀國小。所以我和爸媽搬來新家，也是一直住到現在的家。家，緊鄰著外婆家。外婆家在一條巷子裡的尾端，直到小學畢業，外婆家的那條巷子就是我和表弟的遊樂場。

在屬於我們的遊樂場，我們有時候兩個人玩耍，有的時候加入巷弄裡其他的孩子。我們追趕跑跳、玩著球，也在這條巷子裡學會騎腳踏車。幼稚園的時候，我們還騎著有輔助輪的腳踏車，很快，上小學時，在學習的路上轉換了身分，我們也自覺自己長大了，所以我們要開始騎「真正的腳踏車」。

小小的身軀踏上了「挑戰」，沒有輔助輪的腳踏車，頓時變得陌生，不知道摔了多少次？破了多少皮、當時還細嫩的膝蓋磨了多少遍？好像都給柏油路磨粗了！小朋友受了傷，哭啼、挫折少不了，但是也幸好，那年紀的孩子有著最單純的比較、好勝心。表弟都會騎了！我可不能輸！

「單車，踩踏前進」。當時小小的我，摔著摔著，終於，可以踩著車前進；人生，何嘗不是如此？鼓勵自己一句：人生，邁步前進。願不畏困難，勇敢踏出腳步。

榛芯話

#04_2022年2月26日

[緣起]
港劇《愛美麗狂想曲》中，王麗美對於是否和Matt少在一起，遲遲未能下定決心。

[語句]
害怕、遲疑，
有時候幸福就溜走了！
且勇敢面對！把握！

[榛果的故事]
皇帝不急，急死太監！追著劇的我，也許比劇中男女主角更著急，希望他們能夠趕快在一起。

看著王麗美獨處的場景，我有了以上「語句」的想法。感情，是向一個人託付了自己，是需要問過自己的，可是，問了太久，隨時有可能，會有不同的變化。不要等到後悔，而是自己的幸福要自己把握住。

不僅僅是感情，也套用於生活大小事，還想著要不要那塊麵包時，旁人在你踟躕不前之時，已經在你面前夾走那最後一塊麵包。

眼睜睜看著從有到無的過程，是殘酷的，不要虐待自己，且勇敢抓住該抓住的！

註：透過這本書，整理時，才發現我不經意在同一個日期PO了兩篇IG文，然後原本IG上PO文的手寫字有錯字。

榛芯話

#05_2022年2月27日

[緣起]

港劇《智能愛人》中，因為主人家廉的要求，身為AI的阿寶開始練習「笑」，而後阿寶告訴家廉：*笑容不能練習的，要由心而發。*

[語句]

有多久未曾發自內心笑？
笑一下，一切更好！

[榛果的故事]

大學畢業後的第一份正式工作，是飯店的公共清潔人員。回想起來也真是不可

榛芯話

思議，平常不修邊幅、房間時常被媽媽唸太亂的我，居然去做清潔的工作。

印象大學畢業之際，有一回我剛好到附近逛街，看到有新飯店即將開幕，畢業即失業，褪去學生身分，不知道要做什麼的我，於是決定試試飯店工作。沒有經驗的我，被分到公共清潔。

在我決定離開飯店工作，轉換到我現在的工作時，例行和主管面談時，主管說他覺得我是全飯店最快樂的員工，因為我每天都笑嘻嘻的。這段對話也成了現職面試時，對於前工作印象，我的一段自述。

其實我並沒有特別去注意，我是不是每一天都眞的笑嘻嘻，不過，我笑點蠻低的，倒是眞的，且做一個愛笑的人，若

能帶來好心情，亦留予他人好印象，何樂不爲？

榛芯話

#06_2022年2月28日

[緣起]
港劇《殺手》中，Cash跟著喬星出任務，感受到生命威脅，並且對殺手世界有更多認識。

[語句]
驚心動魄的開始
一段愛情的伏筆

[榛果的故事]
故事後頭，Cash從害怕到接受，甚至正式當起了殺手的助手。兩人的愛情也日久生情而逐漸穩固。

我的牙齒遺傳爸爸家族，容易蛀牙外，也長得不整齊有暴牙。由小至大，時常有人勸說要做矯正。媽媽也曾經想著帶我去做矯正，後來有人也跟媽媽說，喜歡你的人就是會喜歡，不在乎外表。

也是，如同Cash和喬星一開始相看兩相厭，但是當愛情的種子萌發後，他們學會接納對方並且願意為對方改變。

我就是我，帶著不是很整齊美觀的牙齒，要我為他改變外表的人，絕對不是真正的Mr. Right。

榛芯話

#07_2022年3月1日

[緣起]

港劇《愛美麗狂想曲》中，王麗美在同事的陪伴下，代表公司，向客戶做了生平的第一次提案。

[語句]

人生永遠有第一次，
而我們永遠不孤單。

[榛果的故事]

凡事總有第一次。第一次翻身、會爬、站起來、叫爸爸、媽媽……，在我們尚未擁有記憶之時，我們其實早就經歷過無數個第一次，而我們從來不孤單。

2019年9月，我第一次自己出國前往日本。在此之前，我有兩次前往日本的經驗。一次跟著堂姑姑、一次跟著爸媽，兩次都是跟著旅行社。

真的是第一次，自己來。從訂機票、民宿都要自己做功課和執行。而且我並不是去自由行的旅遊，自由行旅遊都還有一些旅行社會販售機加酒的配套，省下一些花心思的時間。

我是去參加「2019 ICOM國際博物館協會京都大會」活動，一個跟我的職業沒有任何關係的活動，純屬個人興趣。於是我還要自己去查詢，我應該要訂哪一間民宿？要怎麼去到目的地？等等瑣碎又重要到不行的事情。

榛芯話

由於是第一次，我索性在臉書（Facebook）上為此行留下紀錄。哇！我從來不知道我的一則貼文可以有這麼多讚和留言！雖然是隻身一人出發，但是一路上各方的鼓勵，讓我知道我從不孤單。

#08_2022年3月2日

[緣起]
港劇《智能愛人》中，古家嫲嫲（註：廣東話中的奶奶）拜託阿寶，幫自己去和交友APP認識的對象約會。

[語句]
白色謊言
適時帶來幸福

[榛果的故事]
說謊是不對的，但如果事實太過殘酷，或許適度的修飾會是最好的。

2019年11月，醫生直白的宣告，讓家裡瞬間烏雲壟罩，我們選擇向爸爸隱瞞真

榛芯話

實情況。爸爸知道他生病,但不知道情況如此嚴重。不善使用3C產品,這時竟意外成為好處,因為爸爸就不會用手機去查資料。

在爸爸不會那麼恐懼的情況下,我們陪伴爸爸走過這一段,相信爸爸現在早已無病痛,在天堂一切安好。

#09_2022年3月3日

[緣起]
參自Ali李佳芯IG，@aliaime 2020年6月29日PO文。

[語句]
當一塊學無止境的海綿
吸收、內化、再輸出！

[榛果的故事]
2020年9月，喜歡參與各種活動的我，如往常一般瀏覽刊登有各式活動的平台—ACCUPASS（活動通），偶然發現「跨界讀書會」的活動。

榛芯話

恰恰9月分的讀書會剩下最後一個報名名額，這就剛剛好被我看到，我沒有什麼特別的信仰，但是在那一刻，我覺得一切就是上天最好的安排。

共同讀一本書外，還要做簡報？我不僅重拾閱讀的習慣，還多了演練簡報的機會。我持續參與讀書會，隨著讀書會轉型，也跟著讀書會成長，我相信在強調共同學習、共享的好環境裡，我們會共同變得更好。

跨界CrossOver創作加速器：
https://crossover.vip/

#10_2022年3月4日

[緣起]

港劇《殺手》中，Cash向喬星傾訴，自己多麼希望有一個人，即便是一分鐘也好，有一分鐘對方想跟自己在一起。

[語句]

和契合的人一起，一分鐘都彌足珍貴。

[榛果的故事]

每次和良師益友的老師們在一起，時間都過得特別快。

我們一起待在圖書館各自用功、一起參與一本書的誕生、一起吃頓晚餐……

榛芯話

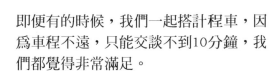

即便有的時候，我們一起搭計程車，因為車程不遠，只能交談不到10分鐘，我們都覺得非常滿足。

感恩生命中出現契合的那個人。

#11_2022年3月4日 二PO

[緣起]
參自Ali李佳芯IG，@aliaime 2021年5月11日PO文。

[語句]
《心之所往》—李佳芯
我心所往，學習。

[榛果的故事]
透過便利的網路，我終於從香港買到了李佳芯的著作《心之所往》，這兩年雖然因為加入跨界讀書會，讀了不少書，但是多是關於商業、學習方法的偏工具類書籍，好久沒有純粹讀一本散文，著實令人興奮。

榛芯話

#12_2022年3月5日

[緣起]
港劇《踩過界》中，Never出場。

[語句]
Never is never，深刻銘骨的烙印。

[榛果的故事]
對於電視兒童的我來說，很常愛上劇中的角色。

Never對我來說就是這樣一個存在，雖然劇情最後對Never的描述可能是死亡？

不過，如果挖掘細節，在盲俠確認身分時，髮色不對呀！Never當時的髮色染

榛芯話

成了咖啡色，不過躺在冰櫃的女子很明顯是黑髮。

也許是安排上的小瑕疵，也許是編劇另埋伏筆，然而真正的死亡並不是終結在冰冷的冰櫃，而是遺忘。

Never is never，李佳芯（Ali）的演繹已經讓這個角色深植人心，永遠存在。

#13_2022年3月6日

[緣起]
港劇《踩過界》中，Never在意自己腿上的疤痕，無法釋懷；GoGo向Never揭示祕密並且鼓勵她。

[語句]
真正愛妳的人，不會在乎外表，而在於交於心。

[榛果的故事]
當真正對一個人動心時，並不會只看到外在，而是看進內心，那才是真正決定兩個人是否要在一起的關鍵。

榛芯話

追劇的過程，喜歡編劇安排的線，讓我們從中學習真正的愛。

#14_2022年3月7日

[緣起]
港劇《跳躍生命線》中，蕙芯將車子臨停彎道，看著月光等待老公來接她，然而在通完電話，轉瞬發生死亡車禍。

[語句]
並不是每一次都可以回去再說，
且珍惜每一次回家。

[榛果的故事]
命運不知道什麼時候啓動齒輪，總是追弄人。

還記得國小畢業前夕，我有一陣子沒去外婆家吃晚飯，那天晚上外公還喊著我

榛芯話

吃飯，說晚餐有著我愛吃的肉，誰也想不到，隔天清晨的一場車禍就此帶走外公。

隨著歲月推移，記憶也許會越來越模糊，但不會忘記的是，珍惜每一次可以和重要的人相聚的機會，因為每見一次面就少一次。

#15_2022年3月8日

[緣起]
港劇《智能愛人》中，阿寶遞口罩給要
外出的家儀。

[語句]
阿寶提醒你/妳戴好口罩，疫情退散，
生活回歸日常。

[榛果的故事]
不知不覺COVID-19疫情已經影響我們的
日常生活良久，甚至有些小朋友在學會
說話之前，可能就先學會要戴好口罩才
能出門。

榛芯話

雖然我們無法預期這可怕的疫情什麼時候才會結束？但是可以肯定的是，透過每個人的努力，我們一定能夠走過這一段。

#16_2022年3月9日

[緣起]
港劇《飛虎II》台詞：*跌倒了再起來，*
打不死的。

[語句]
越挫越勇
再來一次就好

[榛果的故事]
說到了跌倒再站起來，我忽然想起高中
時期的英文考試。身為語文實驗班的一
員，從高一開始，學校就拿著放大鏡看
著我們班的國、英文成績。

榛芯話

導師就是英文老師，我還記得那些年的英文考試，及格標準是80分，如果考不到80分，就要補考，補考再沒有80分，那就後果堪憂。

一次不行就再試一次，而當年導師的要求，讓我們能夠精益求精，不滿足在60分就及格，再試一次就要直接到高一點的標準，也在無形中塑造我們不怕困難、努力求好、向上的精神。

#17_2022年3月10日

[緣起]
A1i出席「微形」嘉年華與積木製成的
迷你澳門地標合影。

[語句]
永保赤子之心
常懷快樂

[榛果的故事]
積木，曾經是我孩提時期和表弟以及表
哥的玩具。用一塊塊積木堆積成我們的
城堡，有時候也打造各自的機器人彼此
對決。

榛芯話

隨著年歲增長，有一天不再怎麼玩的積木，傳承給我小小表弟；有一天到賣場玩具區在看積木時，已經會被店員問說要買給小朋友啊？

原來歲月已在指間流去，再一次感受積木的魅力，回味最單純的世界。

#18_2022年3月11日

[緣起]
港劇《智能愛人》中,家儀向阿寶傾訴心中的祕密。

[語句]
找到和成為樹洞
都是美好結緣。

[榛果的故事]
對於「樹洞」這個詞彙,我是在另一部港劇《法證先鋒IV》中認識的。劇中,編劇早已巧妙在人物名字藏著伏筆,其中的一對男女主角分別叫:國王和Queen,兩個人一開始並沒有在一起,但隨著把彼此當成樹洞傾訴,日久生情

榛芯話

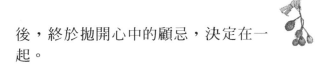

後，終於拋開心中的顧忌，決定在一起。

我想起國中理化老師會跟我們分享她的旅遊經驗，她說這些話都還不見得會和自己的孩子的分享，有的時候，就是需要一個機會和場合下，去提及而說起故事。

在《智能愛人》中，家儀不見得能夠對有血緣關係的親人表露心思，但對著阿寶就能夠說出來，也許我們有的時候，面對太親近的人，就多了些考慮和害羞，讓我們始終敞不開心扉。

能夠找到，並且也成為他人傾訴對象，著實是緣分的安排。

#19_2022年3月12日

[緣起]
港劇《律政強人》中，Hazel做足準備
以接受挑戰。

[語句]
充足準備
知己知彼
百戰百勝

[榛果的故事]
面對每一個挑戰，如果我們了解越多，
勝算就越多。

我的工作有時會有裝潢招標的案子，沒
有雀屏中選的廠商都會來電詢問，希望

我能夠透露他們需要改進處，甚至得標廠商也會想要了解評委喜歡他們作品哪一個部分？

而我總在被容許的範圍內，回覆他們的疑惑。我認為正是認真看待的態度，促成良性競爭，而在下一次的標案，我們獲得更好的提案。

榛芯話

#20_2022年3月13日

[緣起]
港劇《殺手》中，Cash看到森森和喬星
默契十足，認為森森比自己更能夠幫上
喬星的忙，會是更適合喬星的對象，而
欲退讓。

[語句]
因為有愛，才會設身著想
並不卑微，而是閃閃發光

[榛果的故事]
劇情呈現中，Cash像是第三者一樣，選
擇默默退出聚會，獨留森森和喬星。
愛，似乎讓一向勇往直前的Cash，表現
得卑微，然而正是因為有愛，我們會想

要將最好的給對方，這一刻，是閃閃發
光的。

榛芯話

#21_2022年3月14日

[緣起]

港劇《智能愛人》中，家廉和阿寶建立了彼此之間的暗號，用於查出誰是真正的賊。

[語句]

凝視
我們建立暗號
默契於焉而生。

[榛果的故事]

當我們對彼此的了解夠深的時候，無須言語，只要一個眼神、一個動作，我們都可以知道對方想要做什麼。

我憶起有回大學恩師來我們的活動探
班，學妹送了份禮物給老師，老師一伸
手，我就出聲：老師手機在後面的口
袋。老師笑言她的心思都被我看穿。其
實這並不難，因為我知道老師一向喜歡
記錄，所以我就留意了下。

就像在工作時，合作久了，和同事共同
處理案子，都知道彼此該如何配合，順
利推動每一項任務。

榛芯話

#22_2022年3月15日

[緣起]
港劇《愛美麗狂想曲》中，王麗美誤以
為Matt少生病、意外死亡，當即哭成淚
人兒。

[語句]
旁人早已看清
我卻當局者迷。

[榛果的故事]
看著王麗美著急、害怕、傷心哭泣的模
樣，旁人早已看出她對Matt少的心思，
唯獨她自己未能察覺自己的感情。

很多時候，我們常常因為身處其中而迷惘。我想起學生時期交報告前，同學間會彼此幫對方檢查報告有無缺漏、錯別字。一定要換人看，因為自己看了再多次，都會陷入同一個思維，而容易產生盲點。

所以，不要抗拒旁觀者的醍醐灌頂的一席話，隨時能夠為我們解惑。

#23_2022年3月16日

[緣起]
港劇《殺手》中，森森知道Cash和自己也喜歡的喬星在一起了，面對Cash的道歉，只要求她請自己吃頓飯。

[語句]
珍惜那個吃頓飯就沒事的好朋友。

[榛果的故事]
就如同劇中的Cash和森森，森森總是幫著Cash解決大小事、並且包容Cash的不足。恰似我和閨蜜之間的相處。我就是那個常常冒冒失失的Cash、說話會不經大腦、總是會有麻煩事需要處理。

我特別感謝閨蜜W的包容，她接納我的缺點，即便我也曾傷害到她，但是她依然陪伴在我身邊，給予我最大的支持。珍惜接受我道歉後，依然是好朋友的W，我期許自己能夠像劇中Cash的成長，可以不要再讓W操心，成為互相支持的依靠。

榛芯話

#24_2022年3月17日

[緣起]
港劇《波士早晨》中，Roxie發現Ryan
對自己仍有著愛意，於是和他化解誤會
並表達自己也仍是愛著對方。

[語句]
兜兜轉轉不要緊
總有適合自己的路

[榛果的故事]
在找到屬於自己的路之前，我們可能都
會迷路個幾次，在過程中雖然可能會受
傷，卻不太要緊，因為正是有了這些經
歷，才幫助我們越往正確的方向前進。

大學的時候因為通勤時間長，我不像很多同學，從大學就累積打工經驗，直到大五時才開始打工，對於拋開學生身分後，自己要往哪一條路前行，有過許多迷失，試過很多不同的打工，最後才在現在的工作找到自己。

打工換工作的經歷，有開心有不開心的，但是每一個經歷都成就了現在的我。

榛芯話

#25_2022年3月18日

[緣起]
參自A1i李佳芯IG，@a1iaime　2021年7
月8日PO文。

[語句]
一句你懂我
是如此珍貴

[榛果的故事]
高中的時候，我參與某項文學競賽，當
時投稿的句子是這樣寫的：感謝你讀
懂，我心扉落下的淚。

並不是少女情懷的純純初戀，而是那時
候某個誤會，讓我覺得非常委屈，甚至

當眾哭了出來，後來導師如帥氣的騎士，將我拉出深淵，協助我解決了問題，所以帶著對導師的愛與感謝，靈感閃現，成為投稿的紀錄。

在茫茫人海中，能遇見懂得我們的那個人，確實是相當不容易得來的幸福。

榛芯話

#26_2022年3月19日

[緣起]

參自Ali李佳芯IG，@aliaime 2020年11月26日PO文。

[語句]

長大
伴隨新功課

[榛果的故事]

「我不想我不想不想長大，長大後世界就沒童話。」腦海裡浮現S.H.E《不想長大》這首歌中的歌詞。

小時候我們羨慕大人可以做很多自己想做的事，長大成為大人之後，才了解大人世界充滿的殘酷現實。

可惜我們回不到過去，雖然我們可能無法像小時候那樣，擁有最單純的思維和快樂，但是長大的我們，也變得比小時候更有力量和智慧去面對眼前課題。

榛芯話

#27_2022年3月20日

[緣起]
參自Ali李佳芯IG，@aliaime 2020年10月19日PO文。

[語句]
享受美麗片刻
刻印於心

[榛果的故事]
第一次約會、參加舞會、出席喜宴？什麼時候你會特別打扮自己呢？

我還記得大學時，我為答謝恩師，請老師吃飯，那天我不穿簡便的牛仔褲和T-shirt，換了身洋裝並穿上絲襪。老師

說我還特別精心打扮啊！同學說我今天特別漂亮。

工作後，有次我為了參與一位長期追蹤的老師的演講，請了半天特休假，同事第一次看到我穿了件洋裝來上班，都以為我請假是要去喝喜酒。

享受為自己打扮的片刻，那都是我們擁有美麗回憶的時光。

#28_2022年3月21日

[緣起]
港劇《智能愛人》中，阿寶陪著家廉練習圍頭話。

[語句]
一字一句
點點滴滴
愛，所以陪練

[榛果的故事]
我想起大三時參加系上的西班牙文演講比賽。那時候多虧有恩師，協助我寫好演講稿，並且陪著我一字一句練習，我才能夠順利準備好講稿並且完成比賽。

因為恩師的陪伴，我不孤單，並且有足夠的勇氣克服緊張。

榛芯話

#29_2022年3月22日

[緣起]
參自Ali李佳芯IG，@aliaime 2016年1月9日PO文。

[語句]
陪伴，
最幸福的事情。

[榛果的故事]
無論好壞，總是一起攜手走過歲月。

最近許多同學結婚或有小生命加入生活。國小、國中、高中、大學，各個階段都有，我發現無論過去在班上我們要不要好都無妨，透過社群媒體得知喜訊

的曾經同窗，大家紛紛獻上祝福。因為無論開心或不開心，我們都曾經伴著彼此的生命，有一天，擁有這些夥伴，可以共享生活，可以回憶我們的年少，都是件幸福的事。

#30_2022年3月23日

[緣起]
港劇《波士早晨》中，Roxie和Ryan曾經對彼此的期待有過分歧。

[語句]
磨合，
對人對事，
都是學習。

[榛果的故事]
我本身是比較慢熟的人，然後又是比較直腸子的人，就是一個還蠻矛盾的個性。在2019年我初初加入讀書會的時候，大概是學生時期擔任學藝股長，累積的職業病，我還蠻常注意到哪邊有

錯！我其實也沒有惡意，我想說為了方便對方看到哪邊有誤，我會截圖然後用紅筆圈起來，再分享至line群組。

感謝後來有夥伴願意告訴我，我是沒有惡意的，但是文字沒有溫度，容易給對方壓力，好像你就是要大大指出我錯了！天大的誤會，絕非指責之意，感恩身邊的夥伴願意提點，讓我能夠跟讀書會這個社群磨合得更好。

#31_2022年3月24日

[緣起]

港劇《愛美麗狂想曲》中，Matt少陪著
王麗美採買，回家路上看到Rex為了王
麗美花的心思。

[語句]

為妳花心思
陪妳看風景
皆是妳幸福

[榛果的故事]

每個人表達愛的方式不同，有些人特別
有巧思，可以想出許多驚喜；有的人不
善表達自己的心思，只是默默的相伴，
無論是哪一種，都是對方愛的表現。

雖然已經是國小的事情，我還記得那個
牽著我的手，跑過操場的男孩，也還記
得我們同桌時的鬥嘴，還有我們在合作
社共度的打鬧時光。

榛芯話

#32_2022年3月25日

[緣起]

港劇《愛美麗狂想曲》中，Matt少撞見
王麗美和繼子軒軒在一起，誤以為王麗
美腳踏兩條船。

[語句]

有的時候真想挖個洞

¡Así es la vida!

這就是人生。

[榛果的故事]

人生有的時候真的會被自己蠢哭。我記
得我第一次打工的糗經驗，發生在發薪
水的時候，我跟人事同仁反映我去刷存
摺，但是本子刷不到東西？

人事部同仁說奇怪？於是問我介不介意把存摺給他們去刷刷看，反正是薪轉戶，沒什麼不能給人家看的，後來人事部同仁幫我刷好本子，還給我時，疑惑地說：我們幫你刷了，有資料啊？

同樓層的同事也關心起我，我說對啊！好奇怪，我拿著我的本子就這樣去刷的，結果沒有東西就退出來了！同事異口同聲地說：妳刷錯面了！我還很認真地說：對啊！我沒有刷過存摺，我怕刷錯，還轉個方向來刷。

笑得我同事接過我的存摺說：是翻過來這一面。原來我刷來刷去，都在刷存摺的封面。同事笑言：它總共翻來翻去有四面。

榛芯話

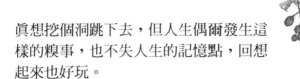

真想挖個洞跳下去，但人生偶爾發生這樣的糗事，也不失人生的記憶點，回想起來也好玩。

#33_2022年3月26日

[緣起]
針對港劇《愛美麗狂想曲》訪問中，女主角李佳芯（Ali）談及自己喜歡的愛情金句：「*我愛你不是因為你是誰，而是我在你面前可以是誰。*」─電影《幻海奇緣》

[語句]
自在，是各種關係舒適、愉快的渴求。

[榛果的故事]
想起2014年，初初被同事介紹，帶我去玩桌遊，我們有一群桌遊桌友，固定在師範大學聚會，那時候很流行一款桌遊叫《阿瓦隆》，我個人就比較不愛。

榛芯話

在上述這款陣營桌遊中，大家會透過言語去辨識誰是自己這一隊的，要和對的隊友合作打敗對方陣營。

有不少桌友，玩到起口角，互相指責對方觀察力不足。自認不善言詞、敏銳力不足的我，自然對於這些遊戲敬而遠之。而且，玩桌遊要的是快樂時光，不是浪費時間與人交惡。

後來，在眾多桌友中，我漸漸找到屬於我的那一桌，讓我們彼此相處自在。

83

#34_2022年3月27日

[緣起]
港劇《誇世代》中，Mike留意到Paris想要的包包，偷偷買給她。

[語句]
可以為在乎的人創造驚喜，是幸運和幸福的。

[榛果的故事]
高中的時候，因為我們班是語文實驗班。高二時不參與一、二、三類組分組而重新編班，而是直接以第一類組升上來。高中三年沒有拆班，也創造了許多屬於我們的青春回憶。

榛芯話

我還記得全班為兩位同天生日的同學慶生的事。我們和導師還有國文老師串謀，同學們故意鬧兩位壽星，老師們裝生氣指責兩位主角，把她們嚇了好大一跳，最後再拿出蛋糕，全班為她們唱歌慶生。還記得我們這群「壞」同學看她們從嚇壞到驚喜而泣，個個笑得開心，生日驚喜大成功。

隨著長大了，我們接觸的人、事、物越來越多，不過有時最懷念的，還是那個單純為他人創造禮物的自己。

#35_2022年3月28日

[緣起]

港劇《智能愛人》中，古家嫲嫲（註：廣東話中的奶奶）帶著阿寶上市場，傳授經驗給阿寶如何挑選豬肉。

[語句]

生活是在日常經驗中學習，漸漸增長智慧。

[榛果的故事]

媽媽常常唸我，都讀到大學畢業了，還是個生活白癡。

不比現在滿街大學生，過去農工業時代，求學從來不容易，爸媽都是國中學

榛芯話

歷，記得我大學畢業的時候，爸媽是真的很開心。或許未經歷過爸媽年代的我，終究還是難以全然理解爸媽的感受。

雖然在學歷上，我似乎高了不少，但父母的人生閱歷，積累的生活智慧是遠遠超過於我，教科書上沒有教的如何挑選菜、水果、魚，是務農的爸爸以及打理家務的媽媽教我的，生活是一本大百科全書，我還有許許多多需要學習的。

#36_2022年3月29日

[緣起]
港劇《智能愛人》中，古家帶著阿寶去餐廳用餐，席間問阿寶會不會划拳。

[語句]
人大了
就想念兒時玩伴和單純的童年遊戲。

[榛果的故事]
劇中大家問阿寶會不會划拳？阿寶列舉了幾個自己會的划拳後，大家挑選好跟阿寶玩。感覺就像回到小學，那個沒有智慧型手機的年代。下課時，教室旁邊的一個空地，就是大家的歡樂空間。我們或貼著牆壁玩牆壁鬼、追趕玩紅綠

榛芯話

燈，或是各種拳：最簡單的剪刀、石頭、布；黑白猜、海帶拳等等。

下課十分鐘，我們享受歡愉的時光，打打鬧鬧和緣分牽起的同窗共同遊戲，度過屬於我們的無憂無慮。

光陰似箭，時光不知道何時從指尖悄悄溜走，大了！接觸的娛樂越多，反倒越是懷念那段小時候。

#37_2022年3月30日

[緣起]

港劇《愛美麗狂想曲》中，王麗美正消化著丈夫出軌的打擊，一不小心跌傷。

[語句]

跌倒不要緊
就算一個人
也要再站起

[榛果的故事]

我有一次要去古亭附近參加活動，我那天在家裡東摸摸、西摸摸，摸比較久才出門。出捷運站時，我就覺得自己晚了，想要看一下現在幾點了。我那天沒有帶手錶，右手邊揹著一個帆布袋，我

榛芯話

心想節省時間，就邊走邊左手伸進去袋子裡，想拿手機出來看時間。

走路不專心，我也不知道是左腳絆右腳，還是右腳絆左腳，總之我就整個人向前撲倒，親吻地面，趴在地面上的摔倒。在人來人往的台北街頭，那不是我好痛，而是我好丟臉。再次感受欲速則不達，也感受到旁人投射過來的目光，只能當作沒事，趕快自己站起來，拍拍灰塵後，繼續往前走。人生，又何嘗不是如此，只有自己能幫助自己站起來。

#38_2022年3月31日

[緣起]
參自Ali李佳芯IG，@aliaime 2019年2月9日PO文。

[語句]
粉紅帶來愉悅心情
願日日是好日

[榛果的故事]
收藏了娃娃數年，有時興致來潮，爲娃娃們打扮拍個主題照。偶然發現我有許多粉紅色的娃衣？或許是像了我這個娃媽。

榛芯話

也許是對於性別的刻板印象，粉紅色就是女孩子的顏色。小時候我比較瘦小，常常可以穿下媽媽朋友的女兒們，穿不下的衣服，而大多數一定會有粉紅色，可能是常穿粉紅色穿久了，看久看順眼了，常聽到別人說我穿粉紅色好看。

也大概是這樣的既定印象深植，我也為我的娃娃們添購了許多粉色的娃衣。為她們打扮成粉色系，拍大合照，粉粉嫩嫩也別有溫柔的情懷。

沒有參與到會服設計的過程，但我也很喜歡「李佳芯香港官方影迷會」會服定版的粉紅色，有著溫暖的感覺。

#39_2022年4月1日

[緣起]

港劇《智能愛人》中，阿寶以為古家拋棄自己，古家向阿寶說明原委。

[語句]

不捨遺忘

與妳回憶

[榛果的故事]

常言道睹物思情，我自認是個很難割捨物品的人。斷、捨、離，對我來說總有困難。劇中，大家最終還是捨不得丟掉阿寶的東西，因為那承載著和阿寶共同創造的回憶。

不知不覺已到了隨便回憶個什麼，都可能是20年前的年紀，在我的小房間依然保有那些20年前的物品，因為它能夠帶我回去那段兒時記趣。

榛芯話

#40_2022年4月2日

[緣起]
港劇《愛美麗狂想曲》中，Kiki姐勸王麗美放下背叛她的丈夫。

[語句]
好朋友，就是那個想叫醒妳又陪著妳到底的人。

[榛果的故事]
想起國中時寫過一道作文模擬考題：最佳損友。「佳」和「損」，兩個對立的詞合併，得出來是正面的。因為關心你、為你好，才會出口損你。

我想起高中那段英文課要考試的日子，那時候我們有訂閱英語雜誌，同樣的讀物，聽聞隔壁數理實驗班是考選擇題，我們班則是考填充題，要拼寫出來。

我還記得我的最佳損友會說：吼！再不趕快背單字，妳又要補考了！我淘氣地說：XX欺負我。對曰：我哪有欺負妳，我是為妳好！感謝我的最佳損友，總是在旁提醒我，又陪著我一起用功。

榛芯話

#41_2022年4月3日

[緣起]
港劇《殺手》中，Cash揭穿當初拋棄自己的負心男對自己又一次欺瞞。

[語句]
不會上當兩次，因為我們學習從經驗中成長。

[榛果的故事]
以前在飯店工作的時候，領班常常跟主任說，我和另一位M同事真的很單純，我們就是那種被賣了還在替人家算錢的人。

從那之後，到了現在也經過了幾年，不知道我們是不是都變得精明些了？而時有所聞的詐騙集團，詐騙手段也是越來越高招了！時間再往前推移，大約是中學時期，我也曾經傻傻地接到了詐騙電話，還一五一十地把家裡人訊息都告知對方，直到爸媽回來，聽我轉述，才說我被騙了！

隨著越來越多資訊宣導，至少在不被詐騙的學習上，我應該是有持續進步中。

榛芯話

#42_2022年4月4日

[緣起]
港劇《智能愛人》中，阿寶淘氣和家廉玩。

[語句]
淘氣時刻
永保赤子之心
兒童節快樂

[榛果的故事]
臺灣的兒童節是4月4日，所以特別挑選了阿寶展現童心的片段。國小的時候，我們最期待兒童節，每年都在期待兒童節會收到什麼禮物。一年一度學校發放

兒童節禮物的那一天，是我們小朋友難
得期待上學的日子。

隨著年紀增長後，乃至現在出了社會，
成爲大人。我和同事最喜歡聖誕節，聖
誕節我們都會例行聚餐和交換禮物，無
論到了幾歲，收到禮物都讓人開心。

#43_2022年4月5日

[緣起]
港劇《BB來了》中，恬兒感受到胎動，
更感受到為人母。

[語句]
越發緊密
恆久不變
骨肉相連

[榛果的故事]
雖然我自己還沒有成為母親，不過「胎
動」的感受仍舊在我心中留下印記。

那是國小四年級左右，小舅媽懷上了小
表弟，帶著好奇心，我得到小舅媽的許

可，讓我的小手放在她的肚子上，感受那時我的小表弟在裡頭活動的模樣。

那是一個很特別的體驗，隔著肚皮，尚看不見他的外觀，但是這個小生命，正用力地用他的小腳丫向外踢動，宣示他的存在。

而我相信就是這樣的互動，讓母親和孩子之間建立起愈加緊密的連結。

榛芯話

#44_2022年4月6日

[緣起]

港劇《與諜同謀》中，Rache1癡心等待失蹤的丈夫。

[語句]

等待不是傻，有的時候，是爲了活下去。

[榛果的故事]

人活著，有的時候，就是靠著那份信念。

身爲電視兒童的我，從小在很多戲劇中學習人生。都說戲如人生、人生如戲。姑婆在很年輕的時候，姑丈公就因病去

世。當時姑婆不僅要家裡、醫院兩邊跑，還要兼顧幾份工作，以及照料幾個孩子。

若不是相信總有出路，無論怎麼樣都要把孩子帶大的意念，很難想像一個柔弱女子如何撐過來。

所幸終究苦盡甘來，現在姑婆有著健朗的身體和孝順的兒孫滿堂。

榛芯話

#45_2022年4月7日

[緣起]

港劇《智能愛人》中，阿寶看著多姐和
家廉親密模樣，忌妒心起。

[語句]

心中滋味
越發繁多
代表越愛

[榛果的故事]

還記得情竇初開的那段歲月，總是忍不
住多看幾眼，我喜歡的那個男孩，所有
和他有互動的女孩都成為我的假想敵。

想要多了解他一些、想要更靠近他一點。不知道什麼時候開始，他的喜怒哀樂比我自己的更重要，一段有酸有甜的時光，即便多年過去仍舊深刻於心。

榛芯話

#46_2022年4月8日

[緣起]
港劇《殺手》中，Cash的媽媽向Cash述
說一手帶她長大的心路歷程。

[語句]
因為有愛
我們可以
無比堅韌

[榛果的故事]
放棄很容易，過不去的是心中的牽掛。

鄰居叔叔在尚是壯年的年紀不幸中風，
面對漫漫長路的復健，他的父母親從未

放棄過。即便要拖著年邁的身子掙錢或是變賣家產，也不曾因此少了愛。

歲歲月如梭，如今10年已過去，叔叔的復健也漸漸有著進步，前方可能還有許多挑戰，但我相信彼此之間的愛可以戰勝。

榛芯話

#47_2022年4月9日

[緣起]

港劇《BB來了》中，恬兒和Elvis因育兒等問題幾經口角。

[語句]

吵吵鬧鬧

不是問題

而是從中

我們學習

再次懂愛

[榛果的故事]

學生時代，班上的女生總會結成一群群小團體。而我從來不善交際，或許也是身為獨生女的關係，習慣一個人自由自

在，我不太習慣所謂手牽手一起去合作社、或是上廁所。自認也是這樣有些孤僻又不善言詞的個性，所以人緣也不太好吧！

不過也因為這樣，不屬於任何團體的我，可以自由穿梭在那些A、B、C、D團體中，她們也不怕我聽見，就在我旁邊說著那個某某又怎麼了！那個誰誰誰又耍心機！不是前兩天才好好的？怎麼現在就在背後說著對方的不是？我從來無法理解其中緣故，再過兩天，ㄟ，又好了耶！

任何的關係都是在吵吵鬧鬧中，更加了解對方的需求而加深的吧！

榛芯話

#48_2022年4月10日

[緣起]
港劇《波士早晨》中，Roxie和同事一起喝酒解悶。

[語句]
適時抒發是需要的，好好發洩，再站起！

[榛果的故事]
《蝴蝶效應》這本書中，提及〈情感宣洩定律〉。針對情緒，書中給予我們的指引：當察覺到自己的負面情緒時，一定要找機會宣洩出去，而不是積累在內心壓垮自己。

榛芯話

天有晴雨變化、我們的心情也有好壞轉換，甜點總能讓人心情愉悅，朋友不開心時，我們會相約去吃個下午茶，喝咖啡聊是非，讓所有不愉快的情緒，結束在那個午後，走出餐廳，我們又再次擁有好心情。

#49_2022年4月11日

[緣起]
港劇《巨輪II》中，鍾穎反抗高天鶩對自己的態度。

[語句]
我們才是自己人生主宰者！

[榛果的故事]
日常生活中，形形色色的人都有，有些人偏偏喜歡口不擇言的傷害別人，藉此自我滿足。年紀較輕的時候，我也曾容易受他人影響，而不開心。

隨著年歲增長以及接觸的人、事、物更加開拓，漸漸學習不理會，越是理會，

榛芯話

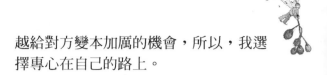

越給對方變本加厲的機會，所以，我選擇專心在自己的路上。

現在，面對他人的嘲諷，我可以有自信地說：我很好。

#50_2022年4月12日

[緣起]
參自Ali李佳芯IG，@aliaime 2021年1月28日PO文。

[語句]
努力之後，成功的果實總會等到。

[榛果的故事]
努力不一定會成功，但不努力一定不會成功。我想起高一時的英文歌唱比賽，那時候在音樂老師協助下，我們班選唱了迪士尼阿拉丁的歌曲《A Whole New World》。

榛芯話

班導師身為我們的英文老師，十分積極地協助我們練唱，記得起初練習時，老師常嘆氣道：我們班是語文實驗班，基本上大家的英文都OK，歌詞發音是沒有問題的，可是一、二部的合唱卻一直無法順利配合。總是會有一部的聲音被另一部蓋過去，或是接的地方不對。

數不清多少堂英文課和放學之後，我們一遍遍練唱，加上國文老師的提點，我們應該要更帶入感情，讓神情流露出情感。

最終我們獲得第二名，雖然不是第一名，但是那段共同努力的過程，已經讓我們嚐到成功的果實。

120

#51_2022年4月13日

[緣起]

港劇《BB來了》中，恬兒了解到婆婆也是為了寶寶允豬付出，願意和婆婆和好。

[語句]

因為重要的人
我們學會感恩
珍惜身旁的人

[榛果的故事]

家家有本難唸的經，婆媳問題，總是一場大戰。

朋友M說原本也對婆家老是要插手照顧小朋友的事，感到很頭痛，總覺得被干預的感覺很不舒服。不過，隨著跟早些嫁入婆家的兄嫂聊聊之後，了解到老人家也只是想要多看看孫子。於是與其每次都被婆婆打電話來催，她開始自行規劃每個月選一個周末，帶著小朋友回南部，和婆家約定好每個月固定約會的日子，不僅婆婆樂得準備一桌好菜迎接她們，她也不用像先前一樣，被婆婆打電話來情緒勒索說沒帶孩子回去。

原本對於回南部一趟感覺舟車勞頓的M，也開始享受每個月有個周末，有婆家幫忙帶著小朋友，在南部婆家的農田散散步，呼吸田野間的芬多精。

榛芯話

#52_2022年4月14日

[緣起]

港劇《BB來了》中，恬兒認爲和丈夫
Elvis之間有太大分歧，道出：*我想我們不適合一起生活。*

[語句]

媽媽說：不出惡言，非常有智慧的話。

[榛果的故事]

我和媽媽時常一起追劇。媽媽說能夠不
出惡言，去表達自己的想法是很有智慧
的一件事。雖然看劇，大多時候是劇本
就那樣寫，來自編劇的台詞，不過，那
也是一種學習。很多時候，社會新聞中
的口角，都來自口氣不佳的互罵起頭。

榛芯話

同一件事情可以從很多角度切入，隨著科技進步，我們獲取新知不僅來自傳統的報章雜誌，很多時候是來自網路新聞、各個社群平台、YouTube影片等等。於是，我開始感受到媒體影響力。明明是一件無可奈何的事情，很多媒體為了衝點擊率，總是用一些聳動又移花接木的標題來吸引人，更甚者是在內文裡以煽情的文字，掀起對立等。

作為一個閱聽人，雖然我也是會看八卦新聞，我還是喜歡那些有溫度的文字。

#53_2022年4月15日

[緣起]
參自Ali李佳芯粉專2015年11月21日PO
文。

[語句]
支持妳，因爲妳值得。

[榛果的故事]
縱然作爲一個電視兒童，我時常因爲喜
歡某個劇的角色，然後就開始喜歡其飾
演者。不過，李佳芯（Ali）對我來說
是特別的，除了她所飾演的角色，我也
非常喜歡她傳遞的正能量，是非常有力
道的。

榛芯話

#54_2022年4月16日

[緣起]
港劇《智能愛人》中,阿寶和家儀說小智跟自己一樣是強智能人。

[語句]
也許,
有些事永遠不用知道,
有些真相可以不用說。

[榛果的故事]
國中的時候,班上同學都非常喜歡理化老師,理化老師習慣暱稱我們:「小孩」。老師說這樣的叫法比較親近。還記得有次中秋節,老師跟我們談天說中秋烤肉啊!什麼不能跟什麼一起搭,因

榛芯話

爲會產生什麼樣的化學作用，然後還有……。當我們要繼續追問下去時，老師就說了：知道的比較多，沒有比較好。

本來我不是很明白老師的意思。後來在跟媽媽追韓劇的過程中，劇情演到小孩抱錯的情節，媽媽就談及自己的一個朋友，家裡最小的那個女兒，大家在孩子幾個月時，就看得很明顯，孩子肯定是抱錯了！但是，早就已經有了感情，所以他們也不打算去追究去查探。

也許有一日，命運的安排會讓事情的眞相浮出，不過，至少在那之前，他們可以和那個孩子一起擁有美好的生活。

#55_2022年4月17日

[緣起]
港劇《智能愛人》中，阿寶知道田浩出軌而不忍心讓家儀知道。

[語句]
芯因為有了情感，
而不忍心。

[榛果的故事]
俗話說：打在兒身，痛在娘心。媽媽也時常說：「因為我們走過那條路，所以我們才阻止你們，不希望你們吃同樣的虧，但你們這些孩子，似乎老是不知道父母的用心，也許就是要讓你們也親自體驗過，你們才會知道。」

因為有著深厚的情感，我們總是會試著
去保護我們重要的人，不忍心對方受
傷。

榛芯話

#56_2022年4月18日

[緣起]

港劇《誇世代》中，Paris盤算著，自己結婚可以從媽媽那邊得到多少錢。

[語句]

擁有單純思維，
也是幸福的事。

[榛果的故事]

記得幾年前在臉書上看過一段影片。國外一個大約兩三歲的小男孩，他拆開生日禮物，發現裡面是一根黃澄澄的香蕉，他對於這份禮物非常滿意、小小的臉龐擠滿大大的笑容。

底下的留言，有人說著小男孩好可愛、也有人說再過幾年，小男孩就會覺得自己傻了！即便如此，能夠為單純的小事物開心，也是一件幸福的事。

早些日子，整理舊照片時，我翻到自己5歲的時候，在舊家的留影。雖然我早就不記得有拍那張照片，不過照片裡小小的我，手上拿著一個果凍，笑得好開心，我相信當下的我一定很快樂，而今回顧照片的我，也自然莞爾一笑，這，就是幸福。

榛芯話

#57_2022年4月19日

[緣起]
港劇《BB來了》中，恬兒帶允豬做新生兒檢查，談起允豬就滿滿幸福。

[語句]
媽媽對寶寶，
有著最單純的愛。

[榛果的故事]
不知不覺，到了周遭同學、朋友都紛紛結婚、擁有小朋友的年紀。打開臉書一會那個同學結婚、那個朋友生了小朋友。

我還記得我那位補習班同學兼國中同學K。國小畢業的時候，我聽說到了國中課業會變很難，立即請爸媽讓我去補習，我是先在補習班認識了K，後來正式編班，才發現我們也在學校同班。

K是個外向的人，我還記得我初到補習班，她就熱情地招呼我這個新同學。隨著我們又是在學校同班，相處的時間多了，有開心的，也少不了口角、互看不順眼。

但隨著年紀漸長，在臉書上依然維繫好友關係的我們，也早就忘了那些陳年雞毛蒜皮小事，我只看到一位媽媽對女兒的母愛，而我看到越大越像K的小公主，真的是太可愛了！我們的互動也時常就是圍繞著小小K。

榛芯話

#58_2022年4月20日

[緣起]
參自Ali李佳芯IG，@aliaime 2020年4月11日PO文。

[語句]
¡Así es la vida!
回到最初的念頭。

[榛果的故事]
常常進行一項專案，進行進行著，當以為事情應該如自己所意想的順利，殊不知會突然有變化，一時還真是招架不住，只能讓自己轉個念頭。

138

榛芯話

我曾經以為我終於有機會要擔當一次活動司儀，那兩個星期洗澡不唱歌了！都在練習我的司儀稿，殊不知在活動的前一天，主管忽然換下我，說我是活動承辦人，基於全世界隨時有可能要找我的情況，還是請同事幫我擔當司儀。

已經花了時間準備，說不失望是騙人的，套句西班牙文¡Así es la vida!這就是人生，回到最初的念頭。我，之所以會認真投入準備司儀稿，不也就是希望活動順利嗎？而主管其實也基於想協助我，讓活動順利的心而調動任務。所以，轉個念，讓情緒過去，進去投入活動，最終開幕活動順利結束。

#59_2022年4月21日

[緣起]
港劇《踩過界》中,Never偶然發現案件人物有可疑之處。

[語句]
除了機緣,敏銳度亦重要。

[榛果的故事]
機會是給準備好的人。都說商人的頭腦動得快,總是能抓住時事,創造商機。

明明同樣生活在一個世界,同樣的事件也發生在你我周遭,我們卻無法看見事情的價值,轉為金錢,就是少了點對事情的敏銳度吧!

想起國中的資優生同學L。在第一次段考，她就驚豔全校，讓大家都認識她，因爲她考了四百分滿分。忘了是在什麼樣的場合下聊起，我還記得理化老師跟我們分享，L她考滿分不稀奇，重點是在考卷上的選擇題，她會用筆畫出，就是這個字、這個部分是錯的，所以這個選項是錯的。L的頭腦感覺就像是部偵錯的電腦，對於教書20多年的理化老師而言，L都是難得一見的學生。

雖然我不是L，但有這個緣分和L同窗3年，也是美好回憶。

榛芯話

#60_2022年4月22日

[緣起]
節目《東張西望》中，報導李佳芯
（Ali）化身全方位超強智能人S6-BO，
擔任myTV SUPER最新代言人。

[語句]
每次挑戰，帶來蛻變。

[榛果的故事]
我認識李佳芯（Ali）的時間晚，但是
已經看到她在幾部戲劇都有很不同的表
現，將各個角色的靈魂發揮出來，使得
每個人物都十分鮮明。

我相信無論是哪個角色，對於演員來說都是種挑戰，而我樂於見到其中的蛻變。就像我曾經做過的幾份打工，每個工作都是種挑戰，而我也從中學習到不同事物。

榛芯話

#61_2022年4月23日

[緣起]
港劇《BB來了》中，隻身面對寶寶允豬被反鎖在房內，恬兒大失方寸。

[語句]
媽媽為了寶寶，
可以沒了理智，
只有滿出的愛。

[榛果的故事]
曾經在書上以及新聞上看過，當人遇到緊急狀況時，腎上腺素上升，會化身為大力士。比如火災發生的時候，想著保險箱裡有重要財物，瞬間就很有力氣地搬著它逃命。而我想，為母則強，每個

媽媽看到自己的小朋友有事，都會化成超人媽媽，保護自己的寶貝。

我還記得5歲時那場驚魂記。那時候我們還住在舊家，舊家的浴室有著浴缸，晚上媽媽給我洗澡的時候，會輪流轉開紅色和藍色的水龍頭。那天午後，我調皮跑進去浴缸玩耍，想說媽媽每次都要輪流轉，這次我就只要轉開我喜歡的紅色水龍頭。隨著紅色水龍頭的熱水流出，伴隨著是我悽慘的哭叫聲，原本在庭院的媽媽，三步併兩步，跑進來浴室抱起我。

記得媽媽說那時我的腳都已經燙紅腫，後來，我才想到，抱起我的媽媽不知道是不是也有被熱水燙傷了手？

榛芯話

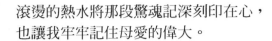

滾燙的熱水將那段驚魂記深刻印在心，
也讓我牢牢記住母愛的偉大。

#62_2022年4月24日

[緣起]
港劇《愛美麗狂想曲》中，背叛自己的丈夫，身影如影隨形一直出現在腦海，王麗美藉機灌酒。

[語句]
舉杯澆愁
愁更愁
越喝越醒

[榛果的故事]
喝醉時的飄忽感覺，或許可以暫時忘記一切不愉快的事情。可是酒醒之後，不僅原本心理的痛楚沒有解決，還伴隨著

榛芯話

身理的不適。終究，逃避是不能夠解決問題的。

我還記得國二那次段考，那時候成績還不錯的我，時常是考90幾分、甚至100分，理化這一科雖然是我的罩門，起碼也有個80幾分，我怎麼也沒有想到，那次我竟然只考了54分，不及格。我好像快吸不到氧氣，好像有一塊大大的石頭壓住我。下課鐘響，我只想逃出教室。

殊不知身為數學小老師的我，拿著數學老師的教具回到教室時，理化老師還沒離開！我還記得我怯怯地向前，將數學老師的課本放上講桌，問了理化老師：老師，您還在？我不會忘記老師慈藹的笑容：對啊！因為我在等妳，我要告訴妳，沒有關係！

很多很多年過去了，我始終沒有忘記那個場景。也希望在更多更多年之後，我也都不會借酒澆愁，而是像我向那個講台走近時一樣，面對。

榛芯話

#63_2022年4月25日

[緣起]
參自Ali李佳芯IG，@aliaime　2022年4月24日PO文。

[語句]
帶著笑容
化為力量
任何問題
迎刃而解

[榛果的故事]
眼淚會感染，我還記得國二時的兩天一夜隔宿露營。到了即將和領隊大哥哥和大姐姐告別的時刻，其他班級有同學忍不住哭了，本來威風凜凜的大姐姐，開

始哽咽地說：吼！我本來是很Man的女生ㄟ，你們幹嘛哭啦！害我也哭了！然後我們班就看著對面那一班同學跟著大姐姐哭成一團。好像都是這樣的，只要有人開始了，全體的氛圍就會被影響。

眼淚是如此，笑容也是如此。在處理爸爸的後事時，自然有不少傷感的時刻，但我相信爸爸始終保佑著我們，在眼淚之中，我們也會因為談起有趣的往事，而笑出來。爸爸會永遠活在我們的心中，我和媽媽也會帶著笑容前行。

榛芯話

#64_2022年4月26日

[緣起]
港劇《殺手》中，Cash對於賺外快機會
深感興趣。

[語句]
總有事情會眼睛一亮
生活，總有著目標

[榛果的故事]
想起高中晚上留下晚自習的事。有時候
真的不知道晚餐要吃什麼？對！那時候
就連這麼點小事都是很大的煩惱。

我記得有個同學說，這個嘛！妳就先想
想妳今天想吃飯還是麵？要吃麵？那要

吃乾的還是湯的？然後，想著想著妳就會知道今天要吃哪一家了。

將生活的小事應用在擇選目標時，也許可以想想做什麼事情我最開心？那就代表朝那個方向，我是會有動力的，我曾經有過擔任安親老師而不適任，但是想想我並不是不喜歡小朋友，而是個性使然，我個性太弱，壓不下秩序，我跟小朋友玩過桌遊，是很不錯的，於是，現在的我，選擇擔任一位兼職的兒童桌遊教學員。

榛芯話

154

#65_2022年4月27日

[緣起]

參自Ali李佳芯IG，@aliaime 2022年4月26日PO文。

[語句]

停一停，

讓靈魂跟上來。

（發想自〈靈魂跟上來〉王安娜文章，摘自《把這份情傳下去》一書）

[榛果的故事]

《把這份情傳下去》一書，是國小就在我家書櫃的書吧？不然至少就是國中時就在了！年紀尚輕的時候，雖然每個字都認識，卻不是很理解其中意涵。

回頭再看，原來是這樣啊！當我們汲汲營營追求金錢、利益、各種慾望之物時，我們的腳步跑得很快，但是，我們的心跟上了嗎？

是時候，該放慢腳步，等等自己的靈魂歸位，重新審視。

#66_2022年4月28日

[緣起]

TVB《健康360》節目Youtube影片截圖。

[語句]

見牙唔見眼
笑一下，都好

[榛果的故事]

偶然在YouTube上滑到這個節目，發現有A1i就看了一下。喜歡A1i見牙唔見眼的笑容。

太多的時候，當我們身處在外，好像都要學會戴上面具，見人說話、見鬼說鬼

話，或許很多時候，我們的神情都不見得表現出我們真正的內心。

作為公眾人物，更有許多時候必須配合工作，要笑著給各路媒體拍照，當然A1i笑顏美麗，但節目中自然而然流露的笑容更加美好。

榛芯話

#67_2022年4月29日

[緣起]
參自Ali李佳芯IG，@aliaime 2022年4
月28日PO文。

[語句]
留時間給自己
享個愜意片刻

[榛果的故事]
我本身很喜歡參加各式活動，喜歡在不
同的活動中，體驗不同的人生。

隨著疫情闖入我們的生活，許多活動都
被迫停辦或是延期，本來周末甚至周間
都滿檔的我，忽然變得好閒。

是有些不習慣，不過，偶爾在周末睡到自然醒，悠閒吃早餐、配電視，倒也不賴，享一個慢活步調的悠然。

#68_2022年4月30日

[緣起]

港劇《愛美麗狂想曲》中，Matt少見到
王麗美在自己床上睡著了，望著王麗美
時，她醒過來，兩人四目相接。

[語句]

那一刻，
情萌芽。

[榛果的故事]

愛神邱比特總是來得出乎意料！陸陸續
續打了幾份工，轉轉換換來到現在的工
作。有一次，前工作的一位同事私訊給
我，他想要跟我交往看看，對我來說，
是有些意外。過去我們在同一個公司

時，工作常常是兩人一組一起的，自然是比較熟的，不過也一直是一般同事關係，從沒有特別情愫。

在我離開前工作後，我們在line和臉書是都有維持相互問候的聯繫關係，有一天，忽然就被告白了！是有些驚喜，不過囿於我崇尚自由慣了！我們還是維持前同事間的朋友關係，倒也不錯。

榛芯話

#69_2022年5月1日

[緣起]

港劇《愛美麗狂想曲》中，王麗美看到一群年輕人於街頭熱舞，感觸自己的青春逝去。

[語句]

感嘆青春不再，
雖時間回不來，
但有感即有救，
救自己的未來。

[榛果的故事]

不知不覺，隨便回憶個什麼東西，都可能是20年前的事。驚覺青春飛逝，縱然

無法讓時間重來一次，不過至少可以別再浪費。

原來，我早在兩年前諮詢過自費出版書籍一事，卻敗給自己的三分鐘熱度，這次，我決定不再蹉跎光陰，真的給自己一個出書的機會。

榛芯話

#70_2022年5月2日

[緣起]
港劇《智能愛人》中，身爲智能人的阿寶，調查到田浩騙財騙色的惡行，出手攻擊。

[語句]
什麼時候？
我們開始，
不得不，
與惡交手。

[榛果的故事]
我想起以前跟媽媽去某個黃昏市場賣洛神葉的往事。

洛神葉在緬甸被視為他們的酸菜，許多緬甸人都懂得料理它，所以我們為了接近客群，才前往那個市場販售看看。

在那個市場，我們遇到了一位賣臘肉的大叔，原先他還面帶笑容、很是親切地跟我們打招呼，和我們這攤新鄰居寒暄說笑。殊不知，隨著我們的緬甸客人口耳相傳，介紹朋友們都來給我們捧場時，大叔的神色也越來越難看，他開始會擺臉色給我們看，一會兒又誣賴我們的洛神葉有水，會噴灑到他的臘肉，害臘肉壞掉，造成他的損失。

明明我們的洛神葉都是處理好的，根本不會有影響到別人的水。為了不惹禍上身，我們後來也結束這個臨時攤的工作，畢竟防人之心不可無，我們原先也只是為了銷售洛神葉暫時來到該市場，

榛芯話

無謂和惡人交惡，我們不了解其背景，
退一步反而是保全。

#71_2022年5月3日

[緣起]
港劇《殺手》中，Cash協助喬星出任務
受傷，向喬星要求賠償。

[語句]
自己的權益，
自己捍衛！

[榛果的故事]
如果妳自己都當作無所謂，別人更不會
當作一回事了！

我還記得國中有一學期幫忙當鑰匙班
長。顧名思義，就是要當全班第一個到
學校的同學，負責開門。

榛芯話

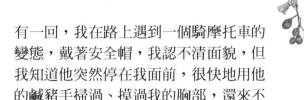

有一回，我在路上遇到一個騎摩托車的變態，戴著安全帽，我認不清面貌，但我知道他突然停在我面前，很快地用他的鹹豬手掃過、摸過我的胸部，還來不及反應，他早已揚長而去。

回家跟媽媽說起這件事的我，其實是沒怎麼當一回事的，不過，媽媽堅持要告訴導師，因為如果自己都不懂得保護自己，沒有人會主動伸出援手，告訴導師後，雖然犯人還是沒抓到，至少老師可以叮嚀大家多加留意。

169

#72_2022年5月4日

[緣起]

節目《思家大戰》中,李佳芯(A1i)面對說出一部周星馳的電影,回答:長江7號。

[語句]

跟風,

有時候不是多喜歡,

而是爲了共同話題。

[榛果的故事]

《長江7號》推出的時候,我就讀高中。商人總是特別敏銳,我還記得那時候大街小巷,不誇張,眞的到處都可以見到七仔。

榛芯話

舉凡各種文具，比如鉛筆盒、鉛筆袋、鉛筆、原子筆、書套、文具夾等等。還有水壺、便當袋、餐具等等，更不可能少了大大小小的七仔絨毛娃娃。

我其實也不是太迷，但是就覺得同學大家都在聊，我好像沒有個「七仔」就少了什麼？爸媽在市場做生意，人家來賣，我記得媽媽也給我買了個小七仔吊飾和貼紙。

跟風，有時候不是多喜歡，而是為了共同話題。

#73_2022年5月5日

[緣起]
港劇《誇世代》中，古天諾向已經和
Mike在一起的Paris告白。

[語句]
每件事都有時機，
遲了，就是遲了！

[榛果的故事]
印象中，我應該至少在小學二年級就要
學「九九乘法表」。我記得國中理化老
師曾經跟我們分享，她曾經有一位學
生，小學的時候，因爲爸爸工作調動
多，時時搬家、轉學，她的基礎打得不

榛芯話

好，好像是到小學四年級時，才勉勉強強學完了「九九乘法表」。

升上國中，許多理化的單元是必須用到計算的，即便老師額外替她補強數學，可是缺失的那塊，感覺就是少了！

雖然很無奈，但是似乎就是如此。每件事都有時機，遲了，就是遲了！

#74_2022年5月6日

[緣起]
港劇《智能愛人》中，阿寶化身魔鬼教練督促家儀的減肥計畫。

[語句]
對你嚴格的人，
是因為在乎你。

[榛果的故事]
嚴師出高徒，我還記得大學西班牙文作文老師的課，一點都不好混。老師每次小考都是上百個單字呢！一個禮拜的時間，每個人各憑本事，自求多福囉！

榛芯話

要不是有老師嚴謹的教學，大學畢業許多年的我，可能程度更差了！雖然當下不好過，但是當你撐過了，就會知道恩師的用心良苦。

#75_2022年5月7日

[緣起]
港劇《殺手》中，Cash意外捲入事件，
害怕的她，只求生活安全。

[語句]
平淡不失爲福，
只要感到幸福。

[榛果的故事]
有一次一位老師跟我約吃飯，老師挑選
了一間很高級的餐廳。當我到達餐廳門
口時，被餐廳的價位著實嚇到了！好昂
貴啊！

榛芯話

話雖如此，我發現生意很好呢！也似乎
更懂得真的有我無法想像的世界呢！

又有一次我跟這位老師去吃了一間小麵
店，我覺得自在許多。未曾進入的世界
確實引人好奇，但是最重要的是感到舒
服，我還是習慣平平淡淡的就是福。

#76_2022年5月8日

[緣起]
港劇《BB來了》中，恬兒巧法讓母親勾勒起和自己的美好回憶。

[語句]
記憶深處
總是保有
最美回憶

[榛果的故事]
雖然爸爸已經早一步搬到天堂，閉起眼睛，我彷彿還看見爸爸的笑顏、耳畔也傳來爸爸的聲音。

榛芯話

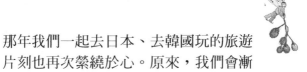

那年我們一起去日本、去韓國玩的旅遊片刻也再次縈繞於心。原來，我們會漸漸忘卻最不美好的抗病過程，讓最甜蜜的回憶留下，因為我們相信爸爸現在一切都很好。

#77_2022年5月9日

[緣起]
港劇《愛美麗狂想曲》中，王麗美不想
讓Matt少爲難，主動退讓。

[語句]
愛一個人就是站在對方立場，爲其著
想、爲其犧牲。

[榛果的故事]
由江蕙演唱，著名閩南語歌《家後》，
裡頭有這樣的歌詞：*等待返去的時裤若
到，我會讓你先走。因爲我會嘸甘，放
你，爲我目屎流。*

榛芯話

當我們真正深愛對方時，就是這樣的心情吧！不捨得對方受傷，唯有犧牲自己。雖然好像很傻，但是愛情有的時候就是讓人願意奉獻一切。

#78_2022年5月10日

[緣起]
李佳芯（Ali）接受《心活誌》的採訪言道：*你不經歷過苦你不會知道甚麼是甜。*

[語句]
流過汗水，
更能嚐甜。

[榛果的故事]
以前不是很了解，各種頒獎典禮的獲獎者，有很多位都會激動落淚的心情。也許也是隨著歲月的積累，漸漸可以體會其中滋味。

榛芯話

我第一齣接觸的港劇，是高中時偶然在電視上TVBS-G頻道看到的《法證先鋒II》。因為我一向很喜歡推理、辦案的劇情，所以接著看了不少相關的港劇。以前對於正版的觀看平台沒有什麼概念，就是網路上有資源可以看就看囉！

後來才知道可以看的都是盜版網站，後來有一陣子這些網站被整頓後，中間空了大概有個5年以上都沒有在看港劇，直到近年OTT平台興起，家中訂閱的MOD有上架，才又重新接觸到港劇。

觀察到的現象是多了許多新面孔、也有不少舊面孔在過去我看港劇是綠葉角色，隔了這些年還是綠葉角色；也有些綠葉角色，漸漸轉為戲分頗重的男女配角，甚至是男一女一。在年度頒獎典禮，這些演員獲獎時落淚，我似乎能夠

有些共感了！他／她熬了好幾年的苦，
終於嚐到甜的滋味。

榛芯話

#79_2022年5月11日

[緣起]
港劇《愛美麗狂想曲》中，Kiki姐收留王麗美同住、並且幫她安排工作。

[語句]
朋友，
就是會爲你雪中送炭。

[榛果的故事]
自從國二增加了理化這一個科目後，腦袋對於理科不甚理解的我，在班上的名次，再也沒有贏過我的摯友w。

而W除了是我良性競爭的好友外，也是我的小老師，多少次她教了我那些我解了許多，卻始終解不出的題目。

到了高中我們分別就讀語文實驗班和數理實驗班。我還記得有次我跟她提及，我好後悔丟了國中那本歷史參考書，現在高中課程發現有相關，想要再拿來讀，參考書店也找不到了！

W二話不說，隔天就把她還留著的那本歷史參考書給了我。她說：我現在讀第二類組，理科讀得多，我不需要了，給妳吧！

W的友情是我最大的支柱，雖然我們上了大學、出了社會之後，不像中學時期緊密生活在一起，我和W的友情還是維

榛芯話

繋著，我也想在此以文字祝福W生活一切安好。

#80_2022年5月12日

[緣起]
港劇《智能愛人》中，家廉要求阿寶清理家儀和田浩的物品，阿寶聲明要自保。

[語句]
天助自助者
自己不強大
沒人會幫忙

[榛果的故事]
或許是大家上班的壓力都很大。近些年募資平台興起，喜歡桌遊的我，偶爾就會上平台瀏覽，最近有沒有新的桌遊集資。在瀏覽的過程中，我發現平台上有

榛芯話

越來越多的集資是有關身心靈方面。比方各式治療型的牌卡，幾乎每一個專案一推出，不到一星期就立刻募資成功。

是不是大家真的都很需要被療癒？從辦公室內，同事間分享了越來越多的牌卡，我也感受到這個趨勢，對我來說，我很重視美術，無論是桌遊或是牌卡，比起好不好玩或是作用，我其實第一個看的是它漂不漂亮。

基本上，只要它的美術好看，我買了它，就已經被療癒了！每個人有不同的紓壓方式，無論參照了多少方法，終究必須自己打開心扉，如果自己不強大，沒人會幫忙。

#81_2022年5月13日

[緣起]
港劇《誇世代》中，Paris趁Mike不在，又開始和朋友打起麻將。

[語句]
小賭怡情
娛樂自在
大賭險步
不可輕視

[榛果的故事]
小時候我有一個存錢筒，1塊、5塊、10塊、50塊⋯⋯，忘了記錄經過多久，終於把存錢筒裝滿滿。

國小時的一次過年，帶著我的存錢筒隨著爸媽回外婆家，和大舅舅及小舅舅，一起玩起撲克牌，過年小娛樂，當然是要玩錢的。

記得是我第一次學習「賭博」，興致勃勃，玩到停不下來，甚至說著我不怕玩，因為我之前另外有存了三千塊，媽媽已經換了三千元鈔票給我，所以就算存錢筒錢都玩光光也沒關係，我還有三千塊呢！

隨著時間一小時又一小時過去，存錢筒裡的銅板也一個又一個消失，終於筒光人散，回到家，方才興奮的情緒也逐漸消逝，冷靜下來，我跟媽媽說：剛才我玩得好開心，想到我還有三千塊，盡量玩，沒關係！可是回頭想想，我是花了多少時間才存滿存錢筒的啊！就在一個

榛芯話

晚上，不用幾個小時的時間，就這樣玩完了！

媽媽回應：是啊！所以妳現在知道賭博的可怕了！

原來爸媽不出聲制止，是讓我自己從中真正學習一課。

#82_2022年5月14日

[緣起]
港劇《智能愛人》中，阿寶闡述比起房屋大小，最重要的是家人安好。

[語句]
千金萬金
難買好家人
千銀萬銀
難得家人好

[榛果的故事]
6歲那年因為要唸幼稚園以及緊接著就讀國小，爸媽帶我搬了新家。

榛芯話

過年的時候，我們還是會回舊家。現在
竟然也回想不起來，是在什麼時候？因
為大家都已經搬離舊家，將舊家的舊平
房和瓦磚屋拆除，改建成停車場。

記憶中的紅磚瓦牆只剩在電視中出現，
近年因為疫情無法出國，堂姑姑相揪的
國旅，有一個景點是去看現存的三合
院、舊房舍。有一種矛盾的感覺，我們
隨著生活的發展離開了舊時的房子、拆
舊佈新，可後來我們又花錢去觀光，去
回看曾經我們也是我們居住的模樣。

現時的房子，隨著爺爺和老爸的移居，
也只剩下我和媽媽，我們會好好地安居
下去。

榛芯話

196

#83_2022年5月15日

[緣起]
ALHKOFC 2022年5月15日直播。

[語句]
驚喜，不期而遇！
緣分，自有安排。

[榛果的故事]
隨著臺灣進入5月，又像去（2021）年
疫情升溫，想著到香港參加活動的機會
又更加遙遠，5月14日下午，突然的驚
喜，Admin在Telegram宣布，隔天5月15
日，將有直播活動。真的是太開心了！

5月15日，我原先被安排了兩次桌遊教學，但是因為疫情嚴峻，先後取消，也因此得以上線參加直播，我想這就是緣分美好的安排。

榛芯話

#84_2022年5月16日

[緣起]
港劇《智能愛人》中，阿寶擔心自己中
毒越深，自己會傷害家廉。

[語句]
在乎某個人時，
開始思量每步。

[榛果的故事]
小時候聽過，記不清來源的故事。兩個
婦人皆說孩子是自己的，官府的審判過
程，讓兩個人各拉孩子的一邊手臂，把
孩子搶過去自己那邊，最終鬆手的是親
生母親，因為不忍弄傷孩子。

當我們真正在乎某個人的時候，我們深怕自己會傷了對方。開始變得小心翼翼、謹慎行事。日常生活中，多少會結識一些行動不是很方便的朋友，過去的我，會陷入窘境，就是想幫助對方但是又怕傷害到對方，後來我學會，其實就是一視同仁，不要用有色眼鏡去揣測對方的需求，就自然和對方相處，當他們有需要的時候，自然會提出來，我很開心我能夠在對方有需要時，陪伴對方，比如協助視障朋友上廁所。

榛芯話

#85_2022年5月17日

[緣起]
參自A1i李佳芯IG，@aliaime 2022年5月17日PO文。

[語句]
下雨，
才會珍惜陽光。
（發想自A1i於5月15日直播談及，下雨，你才會珍惜有太陽）

[榛果的故事]
再一次被A1i圈粉，A1i於5月15日直播問及人家周末都做些什麼？我因為身處地不同，自然留言所在地，說台北下雨，所以在家看電視。多謝Admin讀出

我的留言，而Ali說道香港也是陰天，
隨即轉了鏡頭，說讓我這個台北粉絲也
看看香港即景。超開心，到這邊已經很
驚喜，而再次圈粉的是Ali接著說：下
雨，你才會珍惜有太陽。

多麼正能量的話語，我們時常只看到負
面的部分，下雨好麻煩、又要撐傘好討
厭，可是換個角度想，正因爲有過雨，
我們才珍惜放晴。我很開心再次學習。

榛芯話

#86_2022年5月18日

[緣起]
港劇《愛美麗狂想曲》中，Matt少向王麗美出題考驗。

[語句]
益智節目動動腦，
考驗腦筋急轉彎；
人生難題時時有，
憑藉智慧巧破關。

[榛果的故事]
國小的時候在未被告知內容的情況下，老師給我們做了一系列的測驗題，後來被通知，那是資優生檢定的考試。我也曾經被評斷可以去唸資優班，懵懵懂懂

的八、九歲年紀，並不是太理解發生什麼事，總之，後來爸媽聽聞唸資優班壓力大，決定不讓我去唸，還是留在普通班就好。

長大之後，想起這件事遺憾還是有的，畢竟總是會想往上爬，似乎是跟某個機會錯過了！不過爸媽的考量也是有所意義的，畢竟看了多少社會新聞，資優生壓力過大而走火入魔。或許就是骨子裡還是藏著該說是「優越感」？我很喜歡玩益智題目，答對了都會很有成就感，可以認證自己很厲害的小驕傲。

就像我最熱愛的桌遊類型是策略遊戲，喜歡動動腦筋。而現實的人生，往往比遊戲更有挑戰性，我也期盼自己隨著歲月的滋養，可以擁有一定的智慧突破每道關卡。

榛芯話

#87_2022年5月19日

[緣起]
港劇《殺手》中，Cash以爲喬星死於決鬥中。

[語句]
人生，
最大的驚嚇，
莫過於
發現來不及！

[榛果的故事]
2019年11月，尚和同事在日本遊玩的我，從家族的line群組得知爸爸人不舒服的事。隔天返台，從機場回家裡的客

榛芯話

運上，跟媽媽電話聯繫，媽媽告知爸爸的病是癌症。

人生，最大的驚嚇，莫過於發現來不及！還記得出社會後，用我的薪水第一次帶爸媽去日本玩，回來之後，爸爸和朋友分享，朋友說去日本一定要去趟北海道，說北海道有許多美食，說有多好吃就有多好吃。爸爸也說著，有機會也想去北海道玩玩。

猶言在耳，但醫生的診斷，似乎宣判了死刑。原來，生活步調可以在一夕之間亂了套，一切可以如此措手不及。最終，我們未能履行北海道之旅，我相信爸爸現在在天堂，應該自己都自由自在地去各處遊玩了！

我們，剩下的人，也更學會把握當下每一刻，不讓遺憾再次發生。

榛芯話

#88_2022年5月20日

[緣起]

李佳芯（Ali）於《你是你本身的傳奇》訪談中，闡述自己仍希望開拓自己的可能性。

[語句]

不設限的人生，
充滿無限可能。

[榛果的故事]

大學老師曾在課堂上與我們分享的一個故事。曾經有一位學長做完一份口筆譯工作後，客戶臨時要加案，說資料在光碟內，請該學長看看。學長心想自己應該沒心力完成，於是想也沒想、也沒有

過問細節，就直接婉拒了。後來別的同學接了，才發現裡頭的檔案，僅僅只有半張A4的內容，且是熟悉的領域。

故事回到我身上，某次公司內不同部門的組長請我幫忙看一份稿件，一樣有中西文翻譯的需求，我想起老師說過，該名學長為自己的怯步，後悔了好一陣子。老師說，我們並非要過分自信、認為自己可以輕鬆駕馭各領域；而是我們要有踏出腳步、嘗試的勇氣。

那時，我回覆組長，我只有在學校做過翻譯作業，我能不能先了解內容，看看是否能幫忙？所幸開口後，得到完整資料，確實是還可以處理的任務，後來還得到從蒙古帶回來的糖果作為謝禮。

榛芯話

剛巧，我有事去學校找老師，也將甜蜜與老師分享，感謝老師教誨我不畫地自限。

#89_2022年5月21日

[緣起]
港劇《智能愛人》，阿寶冒著被抓的風險，決定要救受困的小狗。

[語句]
科技始於人性，
而後更勝於人。

[榛果的故事]
隨著科技發達，人手一台智慧型手機早就不稀奇，人手好幾台手機並不見怪。我自己前前後後就有個4台手機。科技的便利，隨便要找什麼資料，只需要連上網路，Google一下就好，而商人的頭腦總是精明的，不知道什麼時候開始，

榛芯話

我們使用的搜尋引擎、用臉書、IG瀏覽
PO文，乃至上了幾個網拍買過東西，都
會成爲科技發展下的大數據資料，變成
一個個廣告如雪花片般飄來。

我還記得媽媽驚呼，哇！怎麼這麼厲
害，我剛剛找了一下某某餐廳，現在就
跳出一堆相關餐廳的廣告。我們原是爲
了便利而去開發科技，不知道什麼時候
開始，我們似乎反而被科技所操弄？有
一點被科技侵入的恐懼，不過大多時
候，我是還蠻喜歡科技比我更了解自
己，樂於參加各種活動，體驗生活的
我，覺得根據我在網路活動軌跡，推播
給我的活動資訊，對我來說都挺實用
的。

214

#90_2022年5月22日

[緣起]
港劇《殺手》，Cash很有自信要學習殺
手的世界。

[語句]
自己都不相信自己，
別人當然不會肯定。

[榛果的故事]
從小到大，雖然我因緣際會參加過不少
次演講比賽，但是我其實是蠻慢熟的
人、而且不是很有自信。

雖然知道是缺點，但是我面對事情似乎
總少了些自信心。為了讓自己也相信自

己可以做到，近些年來，我開始投資我自己，我本身對桌遊很有興趣，也有兼職教桌遊，為了提升他人對我的信任，也讓自己更能勝任，我利用休閒時間參加各式桌遊研習，透過學習，取得一張張證書，肯定自己，也增加被肯定的機會。

榛芯話

#91_2022年5月23日

[緣起]
港劇《智能愛人》，阿寶被當成女鬼。

[語句]
不要自己嚇自己，
自亂心思而畏懼。

[榛果的故事]
不做虧心事，不怕半夜鬼敲門。

從小我就喜歡看鬼片，喜歡懸疑、恐怖
的氣氛營造。爸媽通常也不太理會，反
正就讓我看。有幾次愛看的我，看了之
後，又怕自己睡覺，媽媽每每都能抓住
問題所在，都不是因為那幾部鬼片特別

可怕，而是我肯定做了什麼虧心事。果
然任何調皮搗蛋、欲蓋彌彰的錯事都逃
不過媽媽的法眼。

出了社會，進入職場工作，常常比鬼片
可怕的是陰晴不定的人。不過如果每次
都過於戒慎恐懼，恐怕永遠都無法前
進，我也在同事的鼓勵下，一次次提起
勇氣，嘗試自己進入主管辦公室報告，
其實，也沒那麼可怕，我相信經過多次
的經驗，一切可以越來越好。

榛芯話

#92_2022年5月24日

[緣起]
港劇《愛美麗狂想曲》，王麗美爲客戶撰寫講稿。

[語句]
健康，
是最大的資產。

[榛果的故事]
如果沒有了健康，什麼都沒有了！

隨著現在癌症似乎是越來越來普遍的疾病，包括我親愛的老爸及周遭親友成爲癌症患者，「健康第一」的意識也更加深入腦海。

聽言，爸媽的朋友，原本對於自己的小病小痛都不太在意，想說也沒什麼大礙，不影響生活就好。當一向予人健康形象的爸爸，一夕之間被診斷出生了大病，大家都不敢鐵齒，紛紛跑去看醫生、乖乖覆診、認真做各項檢查、按時吃藥。

事情，碰到了才能感同身受，我和媽媽也學會定期做健康檢查，為自己的身體負責。

榛芯話

#93_2022年5月25日

[緣起]
港劇《愛美麗狂想曲》，王麗美身為高
年級面試生，找工作困難多多。

[語句]
我欲與世界連結，
卻驚覺早已脫節。

[榛果的故事]
2019年9月，我加入「跨界讀書會」，
認識了許多志同道合的夥伴。在這個社
群中，也透過這個社群再向外開拓，漸
漸發現人外有人，天外有天。

有許多比我小了許多歲的夥伴們，各個都有不凡的成就。有的還在大學就讀中，就已經任主管職、有的是雙寶媽媽、有的是職涯輔導師、有的是包租婆……。

原來我已經不小了，不再是公司組內最小的那個、也不是外頭新小組內的年輕妹妹。而是明明年紀比人家大，成就卻小於人？

前陣子，line群組發的網路潮語挑戰，我真的十個有八個不知道，原來：我欲與世界連結，卻驚覺早已脫節。

榛芯話

#94_2022年5月26日

[緣起]
港劇《殺手》，蘇菲亞展露一手給Cash
看，看得Cash目瞪口呆。

[語句]
永遠不要輕視任何人。

[榛果的故事]
在我從事目前這份工作之前，是在一家
新開的飯店擔任公共清潔的工作。明明
自己是一個常被媽媽唸房間太亂的人，
卻從事清潔工作？其實只是因為大學畢
業時，還不知道職場方向，偶然逛街看
到新飯店開幕，就走進去嘗試了！因為

沒有經驗，原本應徵的客服沒有上，被分配到公共清潔。

那時候帶領我們這群新鮮人的主任、領班，大致都是爸媽年紀。我還記得主任和領班說著我們這群新人，如果原本是唸相關科系或是只唸到高職就算了！大學生也來做歐吉桑和歐巴桑的工作。並不是歧視或是貶低自己的職業，而是覺得我們浪費了讀那麼多書，那時候主任還說我或許可以轉去軍中擔任文職，薪水穩定也不錯。

在我轉來我現在的工作後，我從原本替飯店裡公共區域、同事辦公室間打掃的工作人員，變成坐在辦公室，由公司聘請的清潔人員為我打掃、收垃圾。自己也做過相關工作，並不會因為自己變成讓別人服務，就瞧不起對方。我和清潔

榛芯話

伯伯、阿姨都相處融洽。可是，也許心裡還是有些既定的偏見，想著之前主任、領班說的，是他們歐吉桑和歐巴桑才做清潔工作，有一天，清潔伯伯知道我大學是讀西語系的，突然用起西語和我講話，我著實是嚇了一跳！後來才知道，伯伯好像是華僑。我也藉此機會，再一次檢討自己的心態，不要輕視身旁的任何一個人。

#95_2022年5月27日

[緣起]
港劇《誇世代》，Paris開始會為Mike
吃醋。

[語句]
不知不覺中，
有些事變了。

[榛果的故事]
日久生情，在我們自己尚未知曉的時
候，也許愛神邱比特早就為我們射上一
箭。

我想起堂姑姑和姑丈交往的過程。兩個
人是任職同間學校的國小老師，堂姑丈

榛芯話

為了追求堂姑姑，找著理由送上禮物，常說著是多出了一份，所以分享給堂姑姑幫忙吃。

也都是認識蠻久的學校同事，堂姑姑也不疑有他，就這樣接受了！後來還是經旁人提醒，才知道原來那是「愛的表現」。

既然知道了對方的心思，就試著試著、走著走著，後來兩人終於有情人終成眷屬。

#96_2022年5月28日

[緣起]
港劇《智能愛人》中,阿寶想試探家廉
對自己的看法。

[語句]
別人怎麼看不重要,
因為我只在乎你。

[榛果的故事]
我想起幼時喜歡班上一位同學的事。

每次班上抽籤換位子,我總是在心中祈
禱能夠和他坐在一起,終於有一次,我
們坐在隔壁了,那段同桌的時光,成了
美好的回憶。

榛芯話

那時我們都是讀家裡附近的學校，放學走路回家，我有些不害臊地加入「他」走回家的那條路線。我們的家相隔一小段距離，大約走路10分鐘到15分鐘左右吧！這段追愛的路，持續了應該有個兩星期左右，被媽媽發現我總是遲了時間回家，而被叫停，放學要直接回家，不能繞遠路。

我還記得那時候有位代課老師要離開，全班寫卡片致謝老師，我不自覺地把名字簽得離「他」好近，幾位發現的同學開始嘰嘰喳喳地議論著，不過，或許戀愛的力量強大，倒也不是真的太在意，因為我的眼中只有「他」，致　我的情竇初開。

230

#97_2022年5月29日

[緣起]
港劇《殺手》中，Cash在挑戰擔任助手的試驗中失敗。

[語句]
魔鬼藏在細節，
小，亦輕忽不得。

[榛果的故事]
只是……，應該沒有關係吧！你是否曾經有過這樣的僥倖心態？

「直到Q醬出事之前，我一直以為只是一下下，應該沒有關係的！」大個，我們壯碩的朋友，說起家中失去的愛犬，

眼眶泛著淚光。大個家中養了隻吉娃娃，叫做「Q醬」，毛小孩十分黏人，尤其愛跟大個的媽媽撒嬌，隨著大個和弟弟年紀漸長，不再和媽媽牽手後，「Q醬」成了媽媽的心靈慰藉。也因為「Q醬」十分黏人，所以媽媽特別叮囑家裡的每個人，出門務必關好門窗，免得「Q醬」跟著主人就跑出去了！

那一天，剛好家人都外出了，大個聽到快遞按門鈴，想著是訂購後等了幾個月的樂高，終於送來了！他興沖沖地跑下樓，壓根忘了關門這件事，殊不知Q醬跟在他後頭跑了出來，好巧不巧，鄰居也正扛著行李箱要上樓，一個視線死角，碰到了Q醬，待大個捧著包裹要上樓時，只見到滾下樓梯奄奄一息的Q醬。

232

榛芯話

我們以為的小事，以為可以忽略的，也許就差我們多一點點細心，就完全不一樣。

#98_2022年5月30日

[緣起]

港劇《殺手》中，Cash和森森想要搭救
雯雯，經過一番打鬥，還是失敗了，眼
睜睜看雯雯又被抓走。

[語句]

縱有萬般無奈、遺憾，
只要盡力過，就夠了。

[榛果的故事]

致　親愛的老爸

雖然沒能一起去北海道玩，還有許多許
多事沒能一起經歷，可親愛的老爸已經
很努力對抗過病魔，不強搶救，放手，
是對的。

榛芯話

#99_2022年5月31日

[緣起]
港劇《與諜同謀》中，Rachel一心想著完成工作，卻被Ringo捉弄不停。

[語句]
每份工作，
都不容易。

[榛果的故事]
媽媽喜歡看日本節目，陪著媽媽一起看介紹日本職人的節目，才發現原來一切並不是理所當然的，原來一把菜刀的完成，是經過如此多繁雜的製程，每一個環節都是如此用心以待，才能成就生活上不可或缺的日用品。

榛芯話

我也看過臺灣關於檢查大型遊樂設施的工作介紹，我們畢業旅行必去的369：劍湖山、六福村和九族文化村，原來每一個我們度過歡樂的設施，幕後都有許多工作人員，冒著生命危險為我們守護。

致敬　每一位認真付出的職人。

#100_2022年6月1日

[緣起]
港劇《踩過界》中，Never捍衛公義到底。

[語句]
堅持對的事，
對的，就堅持。

[榛果的故事]
原來，我還可以堅持一件事情到100次？

感謝李佳芯（Ali）的認真投入，讓身為電視兒童的我，從她的劇認識她，從

榛芯話

她的劇被她吸引，從她的親和正式成為她的粉絲。

從她的文字，每一篇PO文的語句開始讀起，透過網路購買到她的散文《心之所往》，沒有華麗詞藻修飾，而是樸實記述那些也會發生在你我身上的事，誠摯的文字，貼切入心。不只是劇，也愛上她的文字故事。

同時，喜歡她唱的《小幸運》，我不懂別人說的什麼音準、那些關於音樂的專業，我就是純粹覺得：可以感受到其中的情感是很棒的享受。

雖然唱歌變成一種工作要求，或是總有不友善的嚴厲眼光，帶來很大的壓力。Ali也學會轉化心境，不理會它，單純持續學習讓自己更好。

我就會覺得我因著一位偶像，堅持PO文下去，是對的，因為我也從中學習並收穫。感謝許多看著我PO文的IG朋友，也都成為我堅持下去的力量。

堅持到100篇的動力，還有著一個最喜歡李佳芯（Ali）的地方：真誠。

在我還沒看《BB來了》時，她的獲獎感言讓我知道了允豬們；我看過《愛美麗狂想曲》，她的獲獎感言首先感謝了Live Band，讓我知道原來有他們的存在。要如何不愛上時時感恩他人、真誠待人的李佳芯（Ali）。

第100篇，特別PO被圈粉的角色Never，Never深深烙印於心。

榛芯話

240

國家圖書館出版品預行編目資料

榛芯話／榛果H著. ─初版. ─臺中市:白象文化
事業有限公司，2022.11
　　面；　公分
ISBN 978-626-7151-78-5（平裝）

863.55　　　　　　　　　　　　　111010494

榛芯話

作　　　者	榛果H
校　　　對	洪榛妤
封面設計	巴星
發 行 人	張輝潭
出版發行	白象文化事業有限公司
	412台中市大里區科技路1號8樓之2（台中軟體園區）
	出版專線：（04）2496-5995
	傳真：（04）2496-9901
	401台中市東區和平街228巷44號（經銷部）
	購書專線：（04）2220-8589
	傳真：（04）2220-8505
專案主編	黃麗穎
出版編印	林榮威、陳逸儒、黃麗穎、水邊、陳媁婷、李婕
設計創意	張禮南、何佳諠
經紀企劃	張輝潭、徐錦淳、廖書湘
經銷推廣	李莉吟、莊博亞、劉育姍、林政泓
行銷宣傳	黃姿虹、沈若瑜
營運管理	林金郎、曾千熏
印　　　刷	百通科技股份有限公司
初版一刷	2022 年 11 月
定　　　價	250 元

白象文化　印書小舖 PressStore　出版・經銷・宣傳・設計
www.ElephantWhite.com.tw　自費出版的領導者　購書 白象文化生活館